체리나무가 있는 풍경

국립중앙도서관 출판예정도서목록(CIP)

체리나무가 있는 풍경 : 박수화 시집 / 지은이: 박수화. ―
대전 : 지혜, 2017
    p. ;   cm. ― (J.H classic ; 012)

ISBN 979-11-5728-229-6 03810 : ₩10000

한국 현대시[韓國現代詩]

811.7-KDC6
895.715-DDC23   CIP2017011974

J.H CLASSIC 012

체리나무가 있는 풍경

박수화

지혜

시인의 말

빈터에서 깨어난 민들레가
이마를 차고 지나간
바람의 매 발자국을 짚어본다

가랑가랑
주저앉아 울고 있다

대궁 뼛속까지 파고든
바람의 뼈가
풀피리를 불어주고 있다
　　　　　　 － 〈민들레〉

2017년 봄
박수화

차례

2부

3부

4부

• 일러두기
  한 연이 첫 번째 행에서 시작될 때는 > 로 표시합니다.

1부

악어와 나비 떼

명랑하다, 여름 저녁 소나기 후두둑!
나비 떼 파르르 날개를 치며 날아오른다
알록달록 펼쳐지는 수백의 우산
자주 분홍 노랑 하늘 하얀 나비 무늬들
나비들의 집, 하늘 우산을 떠받치며 걷는다

굵은 빗방울 변주곡
음표들이 차르르 날개를 적신다
거리에 쏟아져 나뒹군다, 물 미끄럼 탄다
진초록 세상 늪지대 상큼상큼 튀어 오르면서

키스해링*의 쾌활한 악어,
악어 떼의 거리를 파랑연두 나비 내가 활보한다
그림 속 배불뚝이 즐거운 아낙이 되어
태어날 아기를 우주의 작은 신을 꿈꾸며
지상에서 가장 아름다운 빗방울 나비의 율동을 그린다

---

* 팝아트의 거장, 사람과 동물 자연과의 소통을 단순 명료하게 밑그림 없이 그린 그림으로 노래하다.

피카소와 모던 아트의 여인들
— 덕수궁 미술관에서

1 '젖 짜는 여자'

늘 배고픔에 시달렸을까,
모딜리아니*!
가난의 순수, 예술의 오만을
'슈미즈 차림의 젊은 여인'으로 표현했을까
붉은 머리 회색 눈매,
오른 손이 풍만한 젖을 짜고 있는 저 여자
부풀어 통통 터질 듯, 오렌지 몸매
살결 곡선이 부드럽게 출렁인다

2 '푸른 눈의 여인'을 보아라

키스 반 동겐**,
바다를 품었으나 수심을 알 수 없는 그 사람

화폭만한 얼굴에 야수의 눈빛이여
하얀 치아 미소 띤 입술이 불붙어 있다

'팜므 파탈' 그 여자

>

3 '초록색 모자를 쓴 여인'에게

자서전 쓰듯 그렸다고 한다, 피카소***
나이 어린 연인, 임신 중인 질로를 모델 삼아
'앉아 있는 여인'을

어느 이지적 사랑의 묵시록인가
회색 황토 초록빛깔이 빚어내는 냉정하고
평면 화폭 속의 눈, 눈알, 눈매 고양이 그림자
동물의 꿈틀거림이 암호로 절제된 감성의 성채를 이룬다

* 이탈리아 화가.
** 네덜란드 야수파 화가.
*** 스페인 입체주의 화가.

나비넥타이와 코카콜라병

앤디 워홀 '녹색 코카콜라병' 사이
여리고 밝게 햇살이 부서진다
직립 오브제 112개의 초록 병들이 넘어진다

화폭에 씨줄날줄 나비넥타이들이
(하양 분홍 파랑 노랑 빨강) 나비춤을 춘다
생글생글 누군가의 긴 목에 사뿐 내려앉는다
시공간 속을 훨훨 날아다니며 기다리고

통조림 깡통 그림 속의 시간이 벽면을 가득 채운다
현대사회 단면의 상징 패스트푸드 토마토 양파 스프
캔들 사이 한여름 미술관 나들이 온 가족들이 웃는다
한 시대의 스냅사진 속으로 일제히 뛰어든다

* 미국 휘트니 미술관 작품전. '이것이 미국 미술이다', 덕수궁 미술관에서.

천장과 바닥 떠도는 고흐를 만나다

벽모서리 돌아 화살눈빛이 구부러진다
청맹과니 하루가 벗겨진 해바라기들
시트 벽지를 깨금발 손을 뻗쳐 문지른다
인적 없는 퇴근 무렵 의자 위에 올라서서
기우뚱, 미끌미끌 쿠당탕!

해바라기 꽃잎마다 떨어져 내리는 고흐의 눈망울들
안쓸안쓸 살아나 나를 내려다보고 있다
회전의자가 문어발 바퀴를 제 멋대로 굴리며
거꾸러지더니, 코너 장대 옷걸이
갈퀴 손가락 펼치며 내 몸통을 후려친다

찰나 맨바닥엔 멀대 장승 하나 쳐 박혔다
아찔 몽롱 한순간 죽었던 의식이 돌아온다
살았구나, 여름내 염천바다 허우적거리다
처서 무렵 한목숨 번갯불에 내팽개치다가
세상 모서리 한구석 쓸쓸하게 살다간

빈센트 반 고흐, 구부러진 한 생애가
쓰다가만 그 비문!

천장과 바닥 사이 오가며
아를르의 밤하늘을 읽어 내리고 있다

신기한 것들이 있는 만물상에서 이상을 만나다
— 이상의「건축무한육면각체」*에 부쳐

칠성무당벌레가 날개의 방을 날아다닌다
이상의 낯선 시어들이 곤충 떼로 달라붙은 2층 휴게실
창유리 곁에서 에스프레소 커피를 마신다
죽은 시인이 살아서 사랑에 빠진 딸기
아이스크림을 종종 사먹는 사람들의 저녁 무렵

평행사변형 대각선 방향을 추진하는 막대한 중량.
마르세이유의 봄을 해람한 코티 향수가 맞이한 동양의 가
을.**

사각이 난 원운동의 사각이 난 원운동의 사각이 난 원.
비누가 통과하는 혈관의 비눗내를 투시하는 사람.**
이 된다, 거리를 사거리를 건너가는 사람들 발자국
점점이 마름모꼴 선을 긋는다, 그대와 나의 관계 속에서
아뎬의 파우더를 솔질한 아침 향기를 펌프질한다

이상과 나는 신기한 상점에서 자주 만나 대화하고 있다

─신기하지 않소, 하나도 눈에 보이지 않는 것들이 지금 더 신
기하오, 거창한 것들보다 손바닥 안에 잡히는 것들로 영감을 기

록하오, 펜이나 종이가 없어도 많은 사람들과 교감하오, 또 다른 거울 속의 이상이 나와 문자를 주고 받소, 그 나라에는 날개가 있소 하지만 여긴 지옥천국, 살아서 받는 연옥, 아름다운 연옥의 무한육면각체건축이오ー

들꽃사랑 풀꽃 나눔 민들레 씨앗으로 퍼뜨리는 사람이 세상엔 많소, 그 누구의 손과 팔다리 되기를 자청하오, 잘 지내시오! 신기한 것들이 있는 나의 상점에 자주 들려주오, 백화점에서 아이쇼핑 하고 아이스크림을 사다, 시가 오글오글 달라붙은 창가, 무료 원두커피 한잔을 생전 그대와 함께, 나 그걸 먹으며 삶의 위안을 받소, 이상의 가게는 아련아련 끊을 수 없는 유혹이오

*『조선과 건축』(1932.7).
**「건축무한육면각체」에서 차운.

사람의 거울

    ― 거울때문에나는거울속의나를만져보지를못하는구
      료마는거울이아니었던들내가어찌거울속의나를만
      나보기만이라도했겠소 ―이상, 「거울」 부분

서로에게 거울이 되어주는 사람이 있다
옷소매 자락 잡을 수 없고
얼굴 쓰다듬어 만져볼 수 없지만
서로 눈빛 닿아 맑은 거울이 되는 그런 사람

(우주만물, 알파요 오메가인 그 사람을)

거울만이 거울이겠는가
물거울만이 명경지수이겠는가

거울보다도 물거울보다도 맑게 비추는
가을 햇살
그 사람의 거울

바람 부는 날의 귀가

    — 내꿈을지배하는자는내가아니다. 악수조차할수없는
      두사람을봉쇄한거대한죄가있다 —이상, 「오감도—
      시 제15호」 부분

살아나간다는 것, 마음 고지 위의
죄 없는 전투인가

마음강물에 일렁이는 은빛 물무늬,
누가 흩날리는 한줌 바람을 죄라 말하는가

신사역 건널목에서 어둑발 뚝뚝 지고,
사람물결 가랑가랑 창유리로 흩어져간다
따끈한 커피 한 잔에 녹아내리는
도심몽환 내 하루치 무릎의 피로여

할 일 마치고 집으로 돌아가는
사람들 지친 발걸음
도시 낙타 발자국 소리여

반짝이는 것들이 어디 하늘의 별뿐이랴

— 보이지않는묘혈로나는꽃을깜박잊어버리고들어간다.
나는정말눕는다. 아아. 꽃이또향기롭다. 보이지도않는
꽃이 —이상, 「절벽」

실시간으로 지구촌 저 넘어 별이 뜬다
아들부부의 신혼여행지 크로아티아,
그 바닷가 광활한 일몰 너머
스마트폰으로 아청빛 밤하늘을 전송받는다
보이는 것은 결코 소멸하지 않는다

아, 사라지는, 생성되지도 않는
순간의 향기들이여, 무궁무궁 샘솟아라
시공간의 하늘 그 너머 검푸른 산 들 바다
달과 점점 하양 별들이 새라새로운
자식 분신으로 품어 안는 세밑 깜깜 밤의 절벽이여

세상에서 가족보다 더 따뜻한 말은 없다

　　— 지붕에서리가내리고뾰족한데는침처럼월광이묻었다.

　　　우리집이앓나보다그러고누가힘에겨운도장을찍나보

　　　다. — 이상, 「가정」

강화 산기슭 납골당에 안치된 그,

한 아들의 아버지이며 아내의 남편인

애지중지 가족들 싸리울 되고자

병마를 껴안고 신음하다 갔는가

그가 석관에 안치되던 날

꼭 그만큼 가족들을 아끼다 앞서 간 그분

석관 속 애틋한 마지막 만남이여

이승의 등짐 굴레 벗어던지고

저승 산중턱에서나마 보살펴 주시려는가

산바람 한기 속에 남은 가족들

오들오들 침묵하는 안개비의 위로여,

세상에서 가족보다 더 따뜻한 말은 없다

수수밭에는 붉은 수수가 없다

1
새봄 연두물살에 화장을 고치고 있다
산마을 오밀조밀 양지바른 묵정밭들
춘분과 청명 사이 종다리 맑아진 웃음소리
살이 토실 오르고 앞산 눈 쌓인 허공에는
쩌렁쩌렁 얼음 실금이 터진다

키 높은 다락논들이 서로 땅따먹기하며
어깨를 밀쳐대누나 뱃살 위로 쌓여있는
봉분 흙더미들 간지럼 먹이누나
수수밭 이랑이랑 바람 물너울도 모두 쓸려나가고
하늘바다엔 지난 가을 흰 돛배 두둥실
구름 떼만 아득히 시려오누나

2
후후 허파꽈리들도 모처럼 심호흡을 내쉰다
맑게 바람물결 장단 맞추어 대추나무 묘목을 옮겨
심는다, 봄비 몰래 다녀가서 촉촉해진
흙살 구덩이 파고 묻으면 가시바늘은 또 내 손등
찔러쌓는다 겨우내 서서마른 망초 쑥부쟁이 뿌리들

흙 가슴살들이 무참히 삽날에 찍혀나가면서

아래 밭 새떼들 지키던 얼기설기 허수아비
침입자 붉은 끈들만 벽을 타넘는다
내 마음 하늘밭 어지럽혔으나 드넓은 수수밭
수수 대궁으로 싹둑 모두 잘려나가고
이제는 계곡 물소리만 우렁차게 흔들어대는데
헬리콥터 하나 머리에 닿을 듯 정찰비행 돌아나가고
종달새 쉼 없이 텃밭머리에서 지저귀는데

여름 수묵

아침나절부터 밭이랑에서 익은 고추를 딴다
내설악 산마을 지킴이 오순도순
챙이 긴 그늘의 모자를 쓰고
터줏대감 짱짱한 산새부부
밭고랑마다 숨어서 여치처럼 날래날래

날래다 손수레만 밭가에서 낮잠을 즐기는데
태풍이 황소 떼 몰고 지나가는데
드넓은 고추밭은 산들바람에 주렁주렁
울긋불긋 탐스럽다
콸콸콸 계곡 물소리 장음계로 명랑하다

말복의 정수리를 장맛으로 익히는 집 뒤 돌담
푸른 수수밭에는 붉은 수수대궁 삐쭉삐쭉 하늘로 치솟아
밭둑 멍멍이와 뭉게구름 꽃구름 새들과 보초를 선다
십이선녀탕 앞 산 능선에는 물안개가
자욱자국 물망초 꽃 타래로 두 팔을 흔들어대고
떠나간 아이들 손사래 마냥 눈 시리게 반갑다

자작나무 파수꾼

산비탈 아래 외딴 집 하나
자작나무 숲이 봄 여름내 보초를 서고 있다
지난겨울 폭설 속에 감금된 풀씨의 나날들이
홀로 고단함의 뿌리가 마냥 깊어서일까
병든 아낙은 떠나가 돌아올 줄 모른다

텃밭에 토마토 가지 풀꽃들 스크럼을 짜고
호박넝쿨 칡넝쿨만 내 앞길 가로막을 뿐
다리 아래 목청껏 불어난 계곡물 콸콸콸
납작 엎드린 자동차 한 대 아는지 모르는지
주인 없다 거드름만 피워대고 있을 뿐

이 산골 저 계곡 흘러들어와 바람의 둥지
다리 놓고 그 사람 먼저 떠나보냈다더니
한사코 라면 한 그릇이라도 먹고 가라며
눈길 닿으면 손 붙잡아 마루에 주저앉히더니
사람 많은 세상 왜 이리 사람이 궁하냐고

텃밭엔 승자, 패자도 없다

억세고 힘찬 들풀들과 사투를 벌인다
개망초 엉겅퀴 억새 쑥부쟁이 들풀들 쑥쑥 싹싹
낫으로 땀방울로 싹둑싹둑 즐겁게 잘라낸다
입추하늘 떠가는 구름바다 앞산 능선 초록바다

풀밭에서는 키 자라는 소리 소리들 나무들 숨소리들
맑은 공기 햇볕 시원시원 구름 소나기 데불고
대추, 사과, 단감, 모과, 체리, 자두, 매실, 주목, 반송들
승자 패자 주인이 따로 없다, 이 들꽃마을 풀밭 전쟁터에선

농약 비료 제초제 뿌리지 않는 텃밭에
잡풀거름, 흙살 밭 앉은뱅이 풀꽃들이
노랑꽃등 물고 땅따먹기 놀고 있다
폴짝폴짝 메뚜기, 여치, 풀무치, 잠자리, 나비 떼
초록세상, 해가 갈수록 푸나무 들짐승들 모두가 주인이다

가을나무 산호 불탄다
— 만해마을 길을 가며

다박다박 시월 하늘 구름밭을 깁는다
마가목 가로수엔 별의 열매들이
초롱초롱 산호 눈물 홍보석 쏟아내고

'내사 아무 근심걱정이 없다!'시던
어머니 마지막 말씀이 수인으로 찍혀온다

내설악 길 걸으면 생의 먹구름조차 맑아오고
마음 반짝 빛살무늬로 아롱진다
거품도시 벗어나 풀 베는 일도 신명나
하루가 솜털 구름결 두둥실 떠오른다

내가 시시때때 나를 가시나무로 발목 걸어도
산나물 황태 탕으로 점심 허기 갈증 때우고 나면
뭉게구름 속에서 햇덩이 하늘 삐죽 고개내밀 듯

이 가을날엔 가랑잎 수렁에 빠지면서도
세상 모든 사람 다 용서할 수 있을 것 같다

풋보리 밭에서 해산하다

보리가 패면 출렁출렁 보리수염을
쓰다듬는다, 남도 푸른 바람물결 이랑이랑
땀 흠뻑 배도록 육자배기 부르던 아버지
서러운 목청 보릿고개 넘는 노래 소리들

해인의 일몰 속으로 댕그랑댕그랑
종소리 되어 울려 퍼지고
드넓은 보리밭에는 생명의 숨결들이 늘
흙을 파고 뒤집는다, 지렁이 벌레의 떼들
모두가 부지런함으로 꿈틀거린다

언제부터인가 이 지구의 텃밭에는
식량이 모자란다고 마실 물이 없다고
목숨 붙어있는 모든 것들은 아우성친다
통실통실 보리알들 꿈의 싹을 만지노라면
자꾸 희망의 헛배만 불러오는데

보리밭에서 깜부기를 뽑다가 몸을 풀었다는
또 산골 외딴 집 부엌에서 홀로 아이 낳고
탯줄 잘랐다는 그때 그 젊은 아낙들처럼

보리대궁 움켜잡노라면 울컥
시의 핏덩어리 하나 나도 토해낼 것만 같다

2부

하와이 사파이어 연가

옥 물결 두 눈망울 묻고 떠나간다
와이키키 해변에 내 분신 이끼 낀
산호빛깔 안경알 하나까지
밤 바닷가 백사장을 접었다 펴며 갈매기 난다

철썩철썩 큰 파도 물거품 멀리 덮쳐 온몸을 적신다, 젖은 바지
로 밤새도록 팝 공연 열꽃을 피우고 도란도란 감미로운 바람 애
기꽃 부채질한다, 수평선은 컹컹 기침, 해변은 출렁이며 노래한
다

호수 위를 가르고 민속마을 지나며 열대 숲을 헤쳐 간다, 어느
기둥 높아 인디언 추장 집 아름드리 두 기둥, 한 기둥 잘라 가장
힘 센 장사 뽑아, 하루 내 그것 떠받치고 있게 하여 용쓰다 힘 빠
져, 그 장사 서서히 죽어가게 한다, 그 죽음의 원기를 모아 추장
부족들을 지키게 했다니!

인디언 사내 애간장 사연 담고 담아서,
민속마을 뒤로 하고 하와이언 연가는
사파이어 파도물결을 넘실거린다

밀랍인형 스타 거리에서

어디에서 쏟아져 내렸을까, 별 속에 엘톤 존 큰 별이 반짝반짝 노랫말로 빛나고 있다. 해리 포터가 찍은 손바닥 발바닥 위에 제 손바닥 발바닥 살포시 포개보는 사람들, 실물 크기 메릴린 먼로 요염한 자태 밀랍인형에 찰싹 붙어 여행객들 다정스레 포즈를 취하는데

찰칵찰칵 여독이 풀리며 기념 촬영 하는데, 사람들 사이로 스타들 거리엔 저녁 어스름이 빨강 리본 복슬복슬 애완견 눈꺼풀 위로 내리깔린다, 산봉우리 헐리우드* 표지판 아래 쭉쭉 뻗은 사연 담아 스타들 거리엔 별들이 휘둥그레 눈망울을 반짝이기 시작한다

* 미 서부에 위치.

황소노을 사막이 달려간다

하루길 달려라, 40번국도 따라 모하비사막 길 96%일조량, 미개척 땅속 얼마나 많은 자원들 숨어 있을까, 끝 모를 황야 모래밭 다육식물 선인장 민둥산 능선 따라 하늘지평이 드넓은 호수로 바뀌어가는데, 저 신기루 모래사장 물 찾다가, 빈 손 쥐고 죽어간 사막사내들

기다림에 지친 사막여자들이여, 휴게소 옆 이파리 그물맥 창창 희귀나무 그늘 아래 오늘 나는 불볕 차양 바라만 보는데, 그들 짠한 얼굴 되어 후끈 달아오르는데, 이 척박한 땅 품 넓은 그늘 아낌없이 내어주는 까칠까칠 주모의 손길 같은 저 선인장 나무들

네바다 가는 길, 하루 내 그레이하운드에 지친 몸을 싣고 막다른 모하비사막 건초농장 위에 스프링클러 분수로 깔리는데 황소노을 아메리카 풍경 속으로 우리는 점점이 물들어 스러져 간다

콜로라도 달빛 아래

금빛 물살이여 잔물결 사랑이여
맑은 바람 속으로 불빛 내뿜으며
밤 비행기가 허공 속으로 꼬리 감춘다
어린 날의 내 풋사랑처럼

강가에는 은퇴한 사람들
낮은 음의 물결소리랑 노닌다
잉어 지느러미 감촉 상큼상큼
공기가 하루의 여독을 씻어내 준다

강가 불빛들이 물결소리 비추며 화음 이루는데
강물 거슬러 수상택시 타려는 사람들
설레는 목소리가 아롱아롱 물무늬를 그린다
별빛달빛 초막쉼터 위로 쏟아져 내리고

쌍봉낙타

낙타 무리 행렬에 실려 그랜드 캐니언 협곡
기우뚱! 타박타박 해종일 사람 무동 타고 간다
돌틈 끈질긴 생명의 잡목 소나무 등뼈 훑으며
단단한 것들 서로 동무 삼고 스승 삼으며
눈 감아도 익숙한 협곡 길 올라간다

봉긋봉긋 낙타 등에 실린 희망의 샘물
목숨의 생수 한 보시기 늘 품고 산다, 간절한 믿음으로
불볕 사막 횡단해도 낙타는 거뜬 살아남는다든가
역사의 협곡 물줄기, 거슬러 탐험하는 사람들
거센 물살 헤치고 수직폭포 소용돌이 속으로
인디언 카누 탐험가들이 죽어가곤 했다지

수억 년 지진판 부딪혀 바다가 융기하고 고원을 이루고
엇각엇각 그랜드 캐니언 대자연이 뒤틀리면서
단층무늬 침묵 앞에 한 쌍 쌍봉낙타로
사람 서리에 서서 함구무언 하는 사구들
모든 살아 움직이는 것들의
그 깊이와 넓이를 아무도 가늠할 수 없다

황홀한 슬픔에 대하여

온 누리에 아침햇살 눈부셔라
오월 여왕의 정원*한 여자가 깨어난다
눈을 떠라 세상 만물들이여

브라이스 신의 조각품이라
불린다는 붉은 사암층 첨탑들*
내 마음의 웅비장엄 쉼터로 솟아오른다

하늘 수심 고요에 손을 뻗쳐보는 이곳
첨탑 세상 아기자기 디딤돌 세상을 이룬다

사람들 땅딸소나무 잡목 군락 사이로
햇살바람 변주곡을 은은하게 울려 보낸다
누가 이 대자연의 오묘함 바라보며
지상의 슬픔에 대하여 말할 수 있으랴

* 미 서부 3대 캐니언 중, 브라이스 캐니언.

돌의 메아리
― 자이언 캐니언, 신의 정원에서

산비탈 길 따라 구불구불
바위지층들이 물밑세상을 펼쳐간다
웅장위용 원시 맨살 메아리 드러내는데
신의 정원 자이언* 단층이
수심 층층 물무늬를 그려간다

누가 시간의 화석들을 밤 새워 그려냈는가
파도 물살이 아로새긴 차갑고 쓰라린 소금의 시간들
돌의 역사가 누군가의 명화보다 보드라운
여체 율동 살빛 곡선으로 휘어져있는가

햇발선율로 무한천공 서녘 흘러가는
베이스 목소리 굴곡굴곡 정원을 채워가는
그 누구 슬픈 목숨의 흐느낌이기에
저리도 황토빛깔 눈부신 가락으로 굽이쳐 가는가

* 미 서부 3대 캐니언의 하나.

라스베가스 황금그늘

1 베네시안 스트립 호텔 안으로

걷다보면 2층 클럽하우스 저녁 파티에 초대받은, 빵빵 미니스커트들이 삼오삼오 리듬리본처럼, 내 곁을 휘감으며 몰려든다, 휘청휘청 끝 모를 명품거리 이어지고 어디에서도 출구를 못 찾겠네, 편안넉넉 해질녘 하늘구름 베네치아 풍경 천정에 내 몸을 가둬버린다

눈부심 없는 가을 하늘거리 같아 밤 깊어 어디로 가는 줄 모르겠네, 작은 연못 위 곤돌라 타고 젊은 바이올린 연주 '싼타루치아' 악사의 노래가 내 마음 불빛 속으로 울려 퍼진다, 다시 돌아갈 길 없는 유리 창살감옥에 감금될까 두려워 쏜살쏜살 쫓고, 쫓겨 가며 부드럽게 꼬리 빠져나가는 한 대 리무진, 어둠의 리무진에 실려 우리는 잠시 어둠 속으로 감겨들며 어둔 빛의 거리를 빠져나간다

2 사막 카지노 라스베가스

한때를 풍미하던 아우성 금속 아우성
밤공기 얇은 운판으로 찰랑찰랑 철탑을 쌓아간다

새벽이면 여울져 어둠이 사라져가고
라스베가스 모래성 위에는 불황의
그늘 그림자만 짙어 간다는데

이 사막도시가 반의 반 토막 난다
불야성 성채에는 어둔 저녁불빛만
외로움의 둥지를 지키고 있는데
빈 집 안으로 짙은 헤어스프레이 향을 분무하듯이
어둠이 융단자락을 길게 내려뜨린다

3 코모호수 음악 분수*

어느 작곡가가 쓴 물결의 파노라마인가
밤하늘 수놓는 곡조마다 장엄 축제 울려 퍼지는
분수의 은빛 물방울 꽃보라가 펼쳐진다
백조 무희들이 날개 펼쳐가며 발 구르며
일천이백여 개 깃털의 표정몸짓 그대로 그려댄다
너울너울 물빛나라 어느 별의 흐느낌인가

호텔 벨라지오 앞마당 금빛불야성 이루고

에펠탑 위용을 밤새 누가 옮겨 놓았을까
음악분수가 사방팔방 허공 먹빛 뿜어대고
비단수틀 위에 하얀 꽃무늬들을
들어 올렸다 내렸다 올올이 수를 놓는다

4 프리몬트 스트리트 야경

수백만 개 전구알들이 동시다발 말춤을 춘다
(네 개 블록 거리 뒤덮고 쇼가 열리는 밤 9시)
상점거리에는 사람들이 부나방 떼로 몰려드는데
차량 꽁무니에서도 접이식 무대 가득 펼쳐지는데
아찔 구경꾼들 속에서 미아로 떠도는 이 거리

쇼쇼쇼! 동시다발 휘황 찬란 전구불빛 쏟아진다
가수들이 애환의 사연들을 밤거리 투명 색채 속에
모자이크 빛 하늘 조각보로 떠돌게 하는
낮보다 밤이 화려하다는 사람들 물결파도 이 거리에
도둑고양이 잠처럼 경쾌한 팝 노래 속에
스물스물 밤의 구렁이 담 넘어간다

* 이탈리아 코모호수 모티브로, 5만 제곱미터 면적에 26층 높이의 분수.

나에게로 가는 길

1 LA. In & out 가게에서

까르르까르르 꼬마형제들 장난기 웃음소리가
햇봄 꽃잎을 피워 올린다
햄버거를 기다리는 동안
이 집 햄버거가 맛 좋기로 소문났다고
먼 길 달려와 아침 식사 한 끼 때우는 사람들

　　모두모두 내 마음 지층이 빚어내는 싱싱 협주곡인가, 햄버거
속 두꺼운 함박스테이크 야채 붉은 양파, 양상추 토마토 슬라이
스 치즈들이, 누군가의 연륜으로 차곡차곡 쌓여 가장 오묘하고
깊은 여행의 맛을 우려낸다, 요리조리 지구의 귀퉁이를 즐겁게
베어 먹으며, 푸석푸석 여행길에 생생 샐러드 웃음 여유를 배닝
시 가는 길목에서 아이처럼 피워 올린다

2 폴 게티 박물관을 지나며

드넓은 쉼터 흰 대리석 박물관이 정물로 펼쳐진다
모노레일 타고 산 정상으로 올라가니
명화들 조각품들이 다채로운 빛깔 내뿜는다

대리석 기둥 위에서 반갑습니다! 인사 한다

매끄러운 돌 무늬무늬 물결치며 우리를 맞이하는데, 한 석유 재벌이 사막도시에다 하늘 보물 아기자기 쌓아가듯, 자신의 저택에다 그림들 불러 모아 한 채 두 채 넘쳐난다, 유럽 고성을 통째로 구입해, 이곳으로 날라 와 세웠다니

한 세기의 다리를 건너, 여기에선 모두 자원봉사를 한다, 우리들은 웬 횡재무료관람이라니! 폴 게티, 비행기 깃털 먼 천국 하늘로 돌아간다

돌아가는 길

1 사막나무 그늘 아래

우편배달부 해리스가 죽자, 그의 개 도오시, 우
편배달 바구니 물고 집집마다, 그해 내내 편지
를 배달했다는 이 마을, 유령의 도시라 불리던
폐광산 옛 캘리코 은 광산에 오월이면 다시 축
제가 열리기 시작하고, 서부영화장면처럼 상점
처마그늘 흔들의자에 앉아, 나는 말 갈퀴 하늘
하늘 실바람 가락가락 되어 졸고 있다

주인을 애타게 찾아 헤매던 도오시처럼
또 잠시 그늘에 앉은 도오시 주인,
너는 한 그루 사막나무를 꿈꾼다
땡볕에 그늘 차양 드리우며 은 광산
이 불볕도시로 구름 떼 몰려드는 사람들
이마 등줄기 흐르는 땀방울을 식혀준다

>
2 벌집마을을 지나며

산언덕 널따란 호수가로 이르는 길, 숲 사이
사이 헤치고 빼꼭빼꼭 저택들이 숨어있다, 선
인장 꿀 아름아름 모아둔 벌집처럼, 이른 아침
부터 낚시꾼들은 몫 좋은 자리들 찜해놓고 드
문드문 몰려있다, 호수 밑바닥 물풀에 숨바꼭
질 노니는 물고기, 물고기들이 물무늬 흔들며
허기진 이빨로 덥석 미끼 물어 잡아채는 동안

부드러운 산세의 품속,
숲들이 가난한 고요의 병풍을 드리우는데
청아한 뭉게뭉게 꽃구름, 나는
낚시꾼 하얀 수건 깃발로 떠도는데
사람들 이마를 햇볕이 샤워해준다
반들반들 옷에다 잘 문지른 사과처럼
아침 햇살이 삼라만상 광택을 입히고 있다

런던공항까지

매듭이 물결물결 풀려나간다
꽉꽉 채운 서랍 속 길에서
여행, 설레는 기쁨~
시간의 어느 등성이를 헤매다
새 이정표 하나 발견하는가
숨구멍을 가득 메운 나로부터
너로부터 숨통이 열리는가
한올한올 바람이 불어오기 시작한다

설렘을 이끌고 씨줄날줄 삶의
망토자락 엮어나가며
꽁꽁 묶고 얼기설기 풀 곳을 찾으며
지치도록 매듭지으며
또 끊어나가는 일이 삶인가
기우는 햇살자락 감싸 끌어안는다
허공에도 하늘의 길이 있고
망망대해 암벽 위에도 낙하의 길이 있다

꽃의 힘

동유럽 하늘을 지날 때
비행기 쪽창 아래 구름밭 사이 유채꽃들,
작은 것 끼리 힘을 모아 타전하는가
노랑노랑 꽃송이들이 축전 한 장씩 쏘아올리고
먼 곳 사람들 마음 지축을
축포로 뒤흔들어놓고

런던 히드로 공항에 도착,
부슬부슬 창유리 바깥에 비가 내린다
길가 꽃송이들이 하양하양 반갑다
어머니 어깨춤 들썩들썩
앞길이 흐드러져라 눈부셔라
빰 부비며 등불 켜들고 서로 응원하는가
어서 오라, 사람들 눈웃음으로 밝혀준다

흔들리다

세느강 물결 위에 아로새긴다
에펠탑 물그림자 금빛금빛
출렁인다, 유람선이 지나갈 때마다
작은 불빛들이 반짝반짝 눈망울 밝히고

다리 위에 서서 두 팔 흔들며 환호하는 사람들,
잠시 젖은 눈빛을 감추고
검푸른 밤의 비단자락에
찰랑찰랑 봄바람이 수를 놓고

누가 흔들리는 이국의 봄밤
제 수심의 깊이를 가늠할 수 있으랴
에펠이 남기고 간 분신
탑의 수직 불기둥이 몰입의 나래를 달고
그의 하늘하늘 솟구치고 있다

융프라우를 오르며

새벽에 일어나자 창을 열고
인터라켄의 차고 신선한 오월
바람을 심호흡 한다, 아청빛 침묵의
산정을 향하여 가슴 열고
산새보다 먼저 마음이 날아오르고

산악열차 타고 오르다
톱니바퀴 열차로 갈아타고
휘둥그레 낯선 비경을 보며 올라간다
머리가 아프고 체기도 있다
아침밥으로 먹은 빵과 계란에
고산증후군까지 겹쳐

얼음궁전 지나 스핑크스 전망대를 돌아 나온다
인터라켄의 영봉이라는 융프라요흐* 정상
하늘 아래 우뚝 바위산 하나 올라선다
잠시 머물다 가는 목숨이라지만
너는 이 알프스 설산에 무엇을 놓고
또 무엇을 지니고 떠나갈 것인가

* 높이 3,454m로 '젊은 처녀의 어깨'라는 뜻, 가장 높다는 의미.

볼로냐를 가다

마조레 광장을 가로 질러
산페트리니오 대성당에서 잠시 순례하다
촛불 켜놓고 기도드린다
입구에서 초록 팔찌묵주 하나 기념으로 산다

인데펜덴차 거리 상점들을 눈요기하다
돌아돌아 한낮 투명햇살 쏟아지는 볼로냐의
시원달콤 아이스크림콘을 맛본다
네투노 분수 앞 그늘에서 삼삼오오 사람들
물줄기로 찰랑찰랑 모여들어 피로를 풀어낸다

사탑

사람이 비틀거리는 걸 멈추게 한다
그래서 늘 사람의 옆구리를 떠받치고 있다,
신의 따스한 손길

피사의 사탑이 보이는 기적의 광장 잔디밭 앞
휘청거리는 한 사람을 본다
파릇파릇 지축으로 갸우뚱,
사람이 비로소 사탑으로 멈춰 선다

폼페이에서

베수비오 화산 폭발로 묻혀버렸다,
고대도시 폼페이
그날의 집터 마을 유적들을 둘러본다
아침 햇살 따갑게 쏟아지는데
사람들 눈길 속에 머무는 미이라,
방 한 칸 속에 아이를 감싸안고
용암 불길 화산재 속에 한순간 매몰된
고대 어머니
시대를 뛰어넘어 모성은 간절한가
식어가는 잿더미 사람들 가슴속에
참혹하게 파묻힌다

단테의 집이 있는 풍경

피렌체 시가지가 한눈에 탁! 트인다는
성당 463개 계단 올라가면 돔 지붕을 가진,
두오모 '꽃의 성모 마리아 성당' 가까이
골목으로 꺾어들면 단테의 집이 있고
벽 높은 옆 건물에는 그의 얼굴이 휘장 속에 걸려있다

피렌체어로 '신곡'을 썼다
는 단테의 골목에도 가랑가랑 봄비가 스며든다
언뜻언뜻 영감이 스며들어 쓰지 않고 못 배겼으리라
필적으로 묻어난 보도 돌길에도 단테의 얼굴이 돌 판화로
찍혀 다양한 신곡의 해설서들처럼 전해 내려오는가

영성의 향기 배어 더욱 고풍스럽다,
미켈란젤로 · 갈릴레이 · 마키아벨리 무덤이 있다는
산타크로체 대성당에 단테의 무덤은 없다고 하지만
나는 시뇨리아 광장에서 남아있다는 그의
기념비처럼 서서 우산을 접고 사진을 찍는다

이 창작의 도시 피렌체에서 오늘 나는
또 하나의 어린 베아트리체가 되어 걷고 있는가

그의 서재 책장 속에 봄비 젖어드는
내 마음을 책갈피에 몰래 묻어두고 가리라
그녀의 여리고 고운 들 찔레 마음을 담아
내 붉은 가방에 둘러매고 먼 길 떠나가리라

카프리섬에서

쏘렌토에서 배를 타고 카프리 항구
살랑살랑 맑고 푸른 바다에 다다른다
아찔아찔 해안절벽 길을 돌아돌아
산길을 오른다
산중턱에서 리프트 타고 정상에 오르는 길,
노래 부르며 두려움을 몰아낸다

태풍이 없다는 지중해 이 바다도
태풍해일로 몸살 앓던 내 고향 섬
마음의 바다라도 되는지
내려다보이는 산자락 마을들,
크고 작은 바다의 섬들이
버선발로 넉넉한 내 어머니 품 마냥 편안하다

사라진다

-베네치아, 100년 후 물에 잠길 수 있다고
비가 쏟아지면 바닷물이 역류,
장화를 신고 걸어 다녀야 한다고-
물에 잠겨 이끼 낀 집들 사이
저어저어 곤돌라가 풍경으로 사라진다

봄비 내리는 날
괴테가 묵었다는 호텔 앞으로
지나간다, 곤돌라가 비 젖어
그의 우직한 흔적처럼 묶여 있다
선착장 지나 들뜬 사람들 마음을
모아 담아 수상택시가 내달려가고

초록주황 하늘빛깔 비옷 입고 활기차라
산마르코 광장을 사람들이 걸어간다
비발디 창작의 고향이라고
수상도시 베네치아는
봄여름가을겨울, 오늘 이 순간도
시간의 톱니바퀴 맞물려 돌아가고

\>

너도 나도 언젠가 사라지리라,
지구의 가슴이 자꾸 더워 오르고
하르르 빙하가 봄눈 녹듯 녹아내리고
점점 바닷물이 차올라 이 도시도
작은 섬처럼 흔적들조차 유빙으로 사라지리라

체리나무가 있는 풍경을 지나

알프스 자락의 아름다운 도시로 간다
오스트리아 국경을 넘어와 산간도로 길목엔
아직 오월 봄눈이 목화솜 더미더미 쌓여 있다
인스브르크에 가까울수록 숲은 더 푸르러지고
체리나무들이 옹기종기 모여 휴식을 취하고
이슬이슬 비에 젖는다, 이 고요한
도시가 우리를 두 팔 벌려 반겨주는가

인스브르크의 화려한 황금지붕을 만나며
마리아 테레지아 거리를 걸으며
주렁주렁 체리 열매로 어여쁜,
열여섯 자녀를 낳았다는 오월의
풍만한 생기를 가진 그녀,
그녀의 길을 따라 나도 걷고 있다

고성에 올라

하이델베르크 대학가에서 푸니쿨라 타고
고성으로 올라간다
고성에는 숲들과 거대한 와인 통, 낡은 박물관
건물들이 시간의 발자취를 되돌아보게 한다

괴테 생가가 있다는 강 건너 저편 산언덕,
시가지 붉은 지붕의 단정한 건물들이 밀집해 있는
이쪽, 네카강 가장 오래된 '옛날다리'
카를테오도어 다리를 십자로 가로 질러
흐르는 강물을 내려다본다

사람들의 삶이란 저 강물 기쁨으로
부풀어 올라 하루가 충만해 지고
때론 제 십자가 등에 업고
마음 혹독하게 다스려야 하는 건지
저 철학자들의 거리를 바라보며,
오늘 그대에게 묻는다

바티칸 가는 길

어디로나 길이 **뻗**어있고 빛과 그늘의 길들도
들숨날숨 내 안으로 늘 **뻗**어나지만
꿈길에서 먼저 다녀왔지
교황님 일반알현하시는 수요일 다음날
바티칸 박물관 시스티나 성당 베드로 성당을
인파만파 돌아 나오고

　－하늘 향하여 4년 동안이나 누워서 그림을 그렸다지, 그래서
한쪽 눈엔 물감 떨어져 눈멀게 되고, 등엔 욕창이 생겨 짓무르
고, 척추가 구부러지고, 몰골이 기괴해 졌다지, 미켈란젤로의
'천지창조' 프레스코화, 오래된 미래의 시간 쌓인 먼지를 닦아내
고, 색채복원 작업을 마치고 올 초 새 단장을 했다지－
　시간의 사닥다리 타고 한 예술가가 내려왔는가,
　방금 마무리 채색한 그림으로 생생하다
　성경 속 인물들이 천장에 되살아나 움직인다

순례 객들로 **빽빽**이 들어차는 광장에는
빈 의자들만 침묵의 여장을 훌훌 풀어놓고 쉬고 있나니
영상으로 만나 교황님 일반알현 강론을 시청한다,
어디에 계셔도 친근하게 다가오시는 그분

길 떠나지 않아도 언제나 닿을 수 있는 곳,
시공간 너머 바티칸으로 가는 그 지름길

3부

소금호수

홍학 떼 꽃술 내려앉는다
얕은 물속에서 먹이 찾는지
부리들 햇살 붓놀림 유연하다, 콕콕 콕콕콕
물살 살랑살랑 간지럼 먹인다
마다가스카르섬 분홍빛 소금호수,
수천수만 허파꽈리로 숨을 쉬기 시작한다

부드럽다, 맑은 생의 굴곡들
네 민가슴 호수 가장자리에
연꽃연꽃 피어날 때
날개 펼쳐 두 발끝 힘 차라
내 가슴 수심 깊이 차오를 때
하늘처마 한 점 물고 푸르륵 비상할 때

내 품속 잠시 누군가 빈 마음 채워 주고
어서 어서 가라, 먼 고행길 다시 떠나보내고
노을학 무리무리 길손들이여
살아 숨 쉬는 것들
어깨어깨 줄 지어 기다림의 어떤 행렬들
저 채움과 비움의 무궁 날갯짓이여

산유자나무에게 말하다

아찔 비탈에 서서 푸석푸석 네 허리통
싹둑 잘라주었지, 마른 가시가지에 찔리고
전지 톱날에 손등 긁히면서도
네 몸 지탱하지 못하고 가뭄에
또 겨울 사이 무척 목이 말랐구나,
잡목들과 뾰족뾰족 서로 찌르고 엉켜

새잎 틔우지 못하고 이듬해 봄
넌 말라 죽어버렸지
다시 네게 말 붙일 기회조차도 없었지
그땐 몰랐다, 네 이름이 둥근 산유자나무라는 걸
잡목들의 든든한 버팀목
변두리마을 생나무 울타리로
우리 모두를 감싸주었지,
안녕 네 너그러운 품아

네 들꽃마을에 가면 마음이 향기롭다
덤불딸기, 온몸 가시엉겅퀴와 청미래덩굴
이름 모를 초록 덩굴들, 늘 한판 씨름을 한다
허방으로 언제나 내가 굴러 떨어지곤 할 뿐

네 사색빛깔 오래 묵은 벗들, 찔레나무 덤불도
이젠 안녕이구나, 나긋나긋 내 언어의 키를
다만 조금 낮춰 잘라주었을 뿐인데

사과나무마을로 기차는 간다

겨울 사과나무 밭 가지들이 눈꽃을 피운다
기차 타고 역을 떠날 때마다
집 앞에 나와 서서 투박한 손 흔들어 주시던
사과나무 외할아버지,
소복소복 과수원 옆 기찻길에 눈이 내려쌓이는데

사과나무 옆으로 기차는 먼 길 떠나가는데
어린 첫딸을 묻은 어미 가슴무덤 위에도 싸락싸락
눈꺼풀 가난처럼 싸락눈 내려쌓이리
첫눈이 내려도 반갑다, 창을 열지 못하리니
차마 문 밖을 내다보지 못하리니
자식을 잃어버린 어미의 멍에여

병원에 데려가니 가망 없다는 외말 한마디
그리고 한 달 더 살다 죽은, 사과나무 묘목 아이
아파라 사과나무마을 가족들
가난으로 얼룩진 시간들,
오순도순 이파리 열매 다 떨어뜨리고
사과나무 앙상한 겨울흰옷 가지들
율동물결 나목들이 어루만져 주느니

흐르는 한강 가에서
― 해빙기 3

엷은 햇살 다리를 건너간다
열차가 지구를 끌고 가는 동안
강 건너 저편 고층아파트 숲이
자작나무 군락으로 물구나무를 선다

오후 3시 한강의 수심고요 속으로
배 한 척 정물로 떠간다
긴 겨울 얼음 조각배 눈 덮인,
마음 강물 다 떠내려 보내고
한강은 지금 홀로 묵상 중이다

강둑길 산책하는 사람 하나
가슴속 숯불 화로 모두 다 태우고
빛 그림자 저 홀로 정물이 되어
생의 하오 길을 내려가고 있다

눈부신 얼굴

1 반가운 얼굴들 붐비는 인사동 거리에서

나비 떼가 사뿐사뿐 판화를 찍어댄다
노점가게에 수직으로 펼쳐지는 스카프들 위로
가을나비 떼가 지상의 화폭 속으로
빗살무늬 빛살무늬 날아 나온다

세상은 돌단풍보다 먼저 울긋불긋
물들기 시작하고 부드러운 몰입 속으로
어떤 부력 위로 나도 모르게 날아다니며
평화로움의 물결로 평형추를 이루며
마음이 빨려들기 시작한다

2 투명한 웃음 꽃다발로

－지난 8월 15일, 성모승천대축일 전후
프란치스코 교황님께서 닷새 동안 방한,
일정을 모두 마치고 바티칸으로 돌아가시는 날
대사관 앞을 빠져나오실 때
이틀 아침 동안 교황님을 기다렸다는

여덟 살 어린이, 동그란 얼굴 그 입맞춤 같은—

기쁨의 나비의 가벼운 몸놀림,
투명한 웃음 꽃다발
바티칸으로 돌아가셔서 성모상 앞에
그 꽃다발 하나 가뿐하게 내려놓으시는 교황님
자상한 손길, 얼굴의 환한 미소가 마냥 눈부시다

만추 크로키

유리 달빛 따뜻이
누군가의 눈빛으로 휘감겨온다
아청 하늘 한 필 비단 위
또르르또르르 귀뚜리들 봇짐을 꾸리는지

한 무리 순록 떼로 이 밤의
산마루를 달려가는 밤의 나그네들이여
귓불 스치는 산들바람에도
쩡쩡 마음강물 꺼지며 아려온다

마른하늘 천둥번개로 번뜩이는 만남
헤어짐이 어디 이산가족뿐이랴
어깨 위로 달빛고요 쌓이는
아슴아슴 떠나가는 한사람의 뒷모습이여

먼 들판 알곡들도 토실토실
이 밤엔 목 놓아 여물어가리
논밭 메뚜기 여치 풀무치 허수아비 떼들
아련아련 가을밤 목줄이 타들어가리

기다리는 사람들
— 비 오는 날의 퍼포먼스

마로니에 저녁 시간 오늘은 공연이 없다
장발 흩어진 백발 위로 후두둑 빗방울 떨어지고
오병이어* 그날 기적의 젊은 예수처럼
한 사나이가 팔을 걷어 부치고 날쌔게
들통을 비워가며 밥 대접 위에 국물 퍼 담는다

무료급식 국밥 한 그릇씩 받아 들고
맨바닥에 홀로 돌아앉아 훌쩍이며 먹거나
돌기둥 의자에 걸터앉아 허기를 때우는 사람들
줄을 서서 말없이 아직도 따끈따끈
한 끼 밥을 기다리며 희망을 서성이는 사람들

은행나무 신록 아래 색색 우산들 스크럼을 짠다
나도 기다림에 지친 거리의 연인이 되어 출렁이고
고목 아래 아이들이 농구공을 튕기며 축제를 벌인다
마로니에 공원은 비 오는 날의 퍼포먼스
비둘기 떼 하늘을 접고 날아 앉아 종종걸음 친다
먹이를 찾아 구구구구 지구의 땅바닥을
이삭 줍듯 훑어대며 분주하다

* 빵 다섯 개와 물고기 두 마리로 남자만도 오천 명을 먹이시고 남은 것이 열두 광주리에
  가득 찼다(마태오 14,19).

언어는 정신의 지문이다*

　　— 문학관을 돌아 나오자 탈춤 판이 펼쳐지고 그 주
　　　위를 말씀의 새 발자국들이 종종거린다, 순교성지
　　　에 세운 전동성당 앞 아이들 합창 노랠 듣다가

1
탁 탁 탁! 마른 등짝 후려치는
죽비소리
산비탈 대추나무 벼락 맞는 소리

아니면 경기전 솔바람에 막 식히고
온 내 이마 한 대 얼 차리게 후려치는가
이 단말마 같은 비명 한 마디

2
그렇다면 기도는 마음의 지문을
하늘나라 두루마리 무명필에다
해인처럼 하나씩 찍어대는 것인가

내 마음 솟대 위에는
'언어는 정신의 지문이다'*
노래 한 마디 돋을새김 울리네

* 최명희 혼불문학관에서 듣다.

봄날의 묵언수행

수녀원 앞뜰에 오래 묵은 모란
한 그루 살랑살랑
꽃물결이 마음을 흔들어대지만
마냥 기쁨의 파랑 속에 침잠해간다
꽃송이마다 아침햇발 가득 받아 이고
눈부시다 저리도 빛과 그늘의 흔적이
깊고 깊어 서늘하다니

성당 안으로 걸어들어 오신다
어깨 조심조심 굽은 수녀님
묵상 조배하시는 모습이 한 폭 수묵데생이다
한평생 풍상세월 견디어내며
이 봄 자락의 그늘까지 끌고 왔을까
목탄이 풀어내는 점점 시간의 고요
마침내 신이 빚은 어둠이 정물 같다

내소사 가는 길

바람이 팔뚝 뻗고 어서오라 따라오라
앞장선다, 쭉쭉 빵빵 전나무 숲길이
하늘이 꽃구름 파라솔 친다

허공을 풀어놓는 연둣빛 바다
아가미 마른등짝 서늘키도 해라
사람들 정수리에 햇살이 물감을 뿜어놓는다

주렁주렁 연등 행렬 따라 길 잃은 목어 하나
오월 내소사* 오르는 길 물비늘 향 바람 출렁이고
새살이 돋아난다, 몸과 맘 다 봄물에 젖어든다

바람결보다도 짧게 천년 느티나무
기약 없어라 봄 나그네 한점 흰 그림자 무엇이며
이 시공간 오래 머무를 사람 그 누구인가

*부안군 진서면 석포리에 있는 절.

큰 산이 품는다고 다 부처가 되랴

1
빗줄기 붉게붉게 쏟아지누나
이십여 년 걸어와 거니는 가을 소요산
꼿꼿한 솟대 바위들
혼곤히 다 젖어 알몸 뒤채이는데
옛이야기 요석공주 한마음으로
황진이 치마폭으로 주렴주렴
산자락이 날 포근히 감싸 안아주는데

품는다고 다 부처가 되랴
나 홀로 돌아오지 않는 누군가를 기다리네
기다리다 지치면 산허리 구절초로 졸면서
아기돌부처 쌩하니 돌아앉을 때
돌다리 하나가 세상 속과 또 밖의
경계를 무수히 허물고 있다

2
가랑잎 바다 속절없이 내달리다가
신문지 우산 한 장 청하니
매표소 사내는 돈다발 세다말고 꽝!

좁은 마음속 유리창문 닫아버리네

산을 오를 때 아낙들에게 손목 발목 잡혀
빙 둘러앉은 원 속에 갇혀 앞으로 뒤로
흔들끄떡 방울뱀 돌던 그 우스꽝 사내
즐거운 비명! 빗속에 가뭇없다

큰 산이 품는다고 아무나 부처가 되랴

봄바람이 마라도를 끌고 간다
― 탐라를 찾아서

마라 선착장에서 모슬포, 풍랑바다 뱃길 수십 리
봄바람 꽃샘바람이 사방팔방 몰아쳐댄다
국토최남단 섬마을 사람들 겨울단잠을 깨운다
바람의 배가 실어다주는 바다 풀 향기 생생하다
해풍은 바람 갈퀴 춤사위를 펼쳐대는데

드넓은 연록 풀밭 사이 노랑보라 물결친다
─봄까치꽃 홀아비꽃대 벌노랑이 모래지치 뚜껑별꽃
까마중 방가지똥 꽃마리 갯장구채 광대수염 개구리발톱─
꽃무더기 지천으로 피어 손사래 쳐대는데

저기 외딴 토종꽃밭에 바람이 뿔을 세우고 섰다
초록바람 속을 뒤뚱뒤뚱 흔들리며 떠다닌다,
마라도에서 잡히는 전복 문어발로 지붕모형을
소라를 형상화했다는 마라도 성당 하나
잠시 머물다 떠나가는 성당, 2층으로 오르는
나무계단에 꽂힌 책들만이 반갑다 반겨줄 뿐

어디에도 인적 하나 없다
바람 속을 걸어 수풀 사이 숨어드는 우리들,

인파 가득 돌아가는 길목 만선의 배도 놓치고
파도물살 위 하얀 여객선 한 척이
기암절벽 마라도를 끌고 간다

해변의 소나무

세상의 바람파도 온몸으로 막아내고
등 굽은 노송 바람허리 마냥 시려오는지
수십 번 태풍해일, 사라호 가슴께 물살에 집도 가축 송편
모두 먼 바다로 떠내려가고 아기 하나,
아버지 등짝에 업혀 나무둥치 붙잡고 겨우 살아났는데
섬마을 바닷가 내 유년의 철새들이 드넓은 솔밭에
모래톱 푸른 파노라마 성채를 둘러치고 서 있었는데

엄동 소주알바람 문풍지 무현금 울려대고
외딴 집 대청마루에 기대앉아 겨울햇살 받아 모아
아버지는 적삼 두 주머니 가득 찔러 넣곤 하셨다
섬마을 적막강산 우려 빚은 약주 한 잔 동무삼고
뱃길 따라 파도의 노랫소리 하늬바람 이야기꽃 피우며

동짓달 긴긴 하루 고갯길을 넘어가고
아버지는 외로움의 등대지기, 인적이면 반갑구나
일터로 나가 빈 집안을 곰방대에 엽연초 말아 홀로
태우곤 하셨지, 아버지는 이야기실타래를 막내딸 무릎 위
풀어놓고 망망대해 이어지는 금물결은물결
별꽃들이 저녁 실연기로 울담돌담 둘러치고 있었는데

사람 밭에서도 사람이 그리운 날

연못에 비 내리는 오월 산골 뻐꾸기 소리 들려온다
풍경 담아 문자 보내오는 귀한 사람들 사이
저녁은 꽃잎 하나로 저물어
그리운 이들 곁으로 내려앉는다
―비 오는 날이면 그런 사람들 많을까
마음 안보다 밖이 젖어 내리는 사람들―

사람 밭에서도 사람이 그리운 사람들

목소리에 목소리를 뒤섞으며 살아가는
명동골목 사람들 틈새 비집고 쏜살 물방울 하나
이마 위에 떨어지고 그 속도 보다 빨리
인파 속을 달려가는 물방울 굴렁쇠 아이 하나
턱밑에 차오르는 숨결 가다듬으며 찾아간다

여행 끝나고 짐 보따리 책 보따리 들고 찾아가지만
성당엔 아무도 아는 사람이 없다
알아주는 사람 없지만 반갑다, 편안하다 내가
영롱한 불빛 제대 위 저 높이 벽화 속으로
열 네 사도 성화 위로 날아올라

아기를 안고 있는 한 여인 그 때문 아닐까

1980년 가을 교리공부 첫 미사 참례한 그곳
오늘은 봄비를 적시며 명동성당엘 간다

그대 누군지 알지 못하나

늘 금낭화 선한 웃음 피어납니다
장마 딛고 시간의 폭풍 산등성이 넘고 넘어
여름밤 산들바람의 누우 떼 몰고
내 고뇌의 이마를 식혀줍니다

힘들고 지칠 땐 성자의 땅,
순례자들이 쓰다듬고 입맞춤하는
마지막 성자가 누웠던 안식의 너럭바위 돌판,
몸과 맘 푸른 영성의 향기 누릴 수 있습니다
그대 누군지 알아차릴 수 없으나

이 목숨의 갈매빛 산맥을 회오리쳐 간다 해도
삭은 바람결로 되돌아올 줄 모르리니
나, 그대 누군지 깨닫지 못하나
새바람 가슴속 새 물결로 용솟음치리니

살기 위하여 나는 날마다 죽는다

진땀 눈물범벅 한 생애 흑백필름을 본다
광부들이 호흡하는 석탄박물관
진폐증으로 죽은 한 광부의
유리용기 속 새까만 폐를 들여다본다

은성갱도 비좁고 컴컴한 땅 속에서
광부들이 컹컹 괴탄 무연탄을 캐낸다,
수건을 말고 배엔 땀 비 오듯 쏟아지고
탄가루를 들여 마셔 배가 부풀어 올랐는가

탄차에 석탄을 실어 나르는 막장의 그늘,
손놀림이 점점 거칠고 뜨거워진다
지상에 오늘 하루를 살아남기 위하여
날마다 지하에서 까맣게 죽어나간다

4부

겨울 낙과 이미지 연습

하늘 향해 휘청 팔을 뻗어나간다
겨울나무 빈 가지들은
사람들 목청껏 세상 이야기바람결에 흔들리고
흔들리다 숲의 이미지들이 되살아난다
허공 물살을 헤엄치던 가랑잎 나날들이
수북수북 일력처럼 떨어져 내 발등을 덮는다
오늘도 공원에서 당신을 감싸 안듯
동그라미 운동기구를 돌려댄다
한 시대의 어둠그늘 속으로 침몰하는
지상의 유람선이여 해의 말간 이마여

끝끝내 살아남아야 한다고 고슴도치 못 자국들
팔 어깨 근육운동하고 있는데
하늘 화선지 위로 나목들이 파르르
수묵담채로 피어난다, 도시 해 하나 기울다
시름 지친 해가 낙과로 떨어지는데
나뭇가지 사이 섬광이 박혀온다

길 위에는 두루마리 옷감들이 풀리고

풀리는 경기처럼 팔려나가는지
모자가 찌그러진 지게배달꾼들 보다
피륙이 넘쳐나게 널브러져 있다 동대문역 앞
상가 입구는 무채색 바람으로 붐비고
마티에르 화법으로 덧칠 덧칠해 나간다

저마다 생이라는 홀로의 무대 위에서
탁한 도시 공기를 호흡하며 살아가는 사람들
눅눅한 수건으로 얼굴 땀방울 닦는다
문질러 검고 하얀 화강암 빛깔의 시장 화폭 속으로
줄지어 들어오고 빠져나가는 사람 사람들

흘러든다, 나도 상가 지하로 두루마리 피륙처럼
십 몇 년 만에 흥정 붙이는 포목집 앞
휘둥그런 점원 아롱다롱 씨줄날줄의 무늬들
내 생의 가을들판을 오늘은 금사타래로 꿈꾸며
진열대에 펼쳐지는 포목 단들이 아기자기 수놓는다

세밑 너 속의 나를 비행하다

1 헬리콥터 영상의 포로들

-빙하와 빙하 사이 수중발레를 펼친다
북극 일각고래 떼들의 군무
얼음꽃 바다 창창 물길 따라 흐른다
빙하 속으로 몸을 감추고 사라져간다-

유로스타 기차가 북부 프랑스에서
관광객을 태우고 런던을 향하여 달리다가
한파로 기관고장 해저터널에 갇혔단다
21세기 사람들이 열 몇 시간 캄캄 공포에 떤다

2 떴다떴다 비행기 싼타마을

공해와 테러가 없다, 싼타클로스
마을로 향하는 헬싱키 하늘 상공에는
유럽 관광객들이 2분마다
떴다떴다 비행기 한대씩 출몰한다고

핀란드 런던 프랑스로 배낭여행

이 세밑에 떠나간 귀염둥이 나의 싼타여
너를 따라 나는 네 안을 비행하고 있나니
여행지에서 철컥 해저터널의 포로가 될까

지구촌 뉴스레터 사고 소식에 두 귀 쫑긋 곤두서나니

가을엔 살아 움직이는 것들이 모두 정물이 된다

가을엔 누구나 더 멀리 날아갈 줄 안다
누가 목덜미를 후려치지 않아도
아름아름 세상을 품어 안을 줄 안다
가끔 풍진세상 드넓은 단풍 가랑잎 되어

딸그락딸그락 커피 잔 노 젓는 티스푼 소리
여종업원 오므린 입술이 호호 입김을 불어댄다
아침햇살 분무기로 방금 닦아낸 통유리창
세수한 아가 얼굴이 맑고 고요하다

창 밖 차고 눅눅 벌판 위에서는
모두가 하나가 된다 한 폭 정물이 된다
사람들의 바쁜 손놀림 발놀림조차
그 수채화 그림 속으로 빨려 들어가고

가끔 산솔새 한 마리 기다림의 수직상승 속에 날며
수평선 무늬로 단풍 물감을 주르륵 쏟아낸다
무엇에 뒷덜미를 맞은 듯 쏜 살로 날아간다
작고 단단한 공처럼 생기를 찾아 또 다른 세상을 찾아
한점 얄푸른 연기 이내 가을 속으로 사라져 간다

그날 저녁 무렵

1 유년의 염소 둑길에서

빙빙 해종일 풀을 뜯어먹으며 놀고 있었다
목줄을 말뚝에 박고 누굴 기다리는지
귀가 길 내 유년의 고향 염소 떼들

2 쥐눈이콩 한 봉지 다 쏟아버리는 동안

밥 지을 잡곡 눈알들이
차르르 차르르르
까만 이슬방울들 주방바닥에 나뒹굴었다
그리 울부짖는 땅의 울음소리를 처음 들었다

3 산 고개 넘자 타향살이 죽음이 기다린다

언제 죽을지도 모른다, 흑염소 몇 마리
새끼 낳지도 너무 어리지도 않아야
좋은 거라고 햇살이 미끄러져 내릴 때 흑갈색 털에
반들반들 빛내며 잘 생긴 한 놈 끌려 나왔다

>
　　고르느라 우리 속에 섞여 다시 주인 손에
　　끌려 나올 때 운명교향곡 쏟아낸다
　　아이 울음보 터져라 남은 염소 한 마리도
　　갈 하늘 쩡쩡 금 그으며 울울창창

　　-음메에에-, 울음 메아리 비장하다

바람 불어 누구나 신명나는 날

1
불어라 돌개바람아
후두둑 도토리바람 불어쳐라
태풍 비껴가는 안동옛집
나지막 뒷동산에 나뒹구는 도토리 알밤

주워 모아 껍질 까고 물에 담가 우려내면
시시때때 갈아서 끓여 김치묵사발
온 가족 둘러앉아 쌉쌀하게 해치웠지

2
한글비석길 걷다가 가로수 금빛 은행 알들
모음자음 우수수 수수우
보도 위에 만추의 시를 써내려간다

해마다 은총우박으로 쏟아져 내린다
불어라 돌개바람아
바람파도야 은행너울 굽이쳐다오
할머니 아낙들 성당길 가다가 이리저리
은행불빛 굴려대며 이삭줍기 분주하다

방앗간에서 햇볕을 빻아간다

애절복절 말리고 희나리 속 썩힌 고추들
해마다 줄줄이 솎아 내고 살림살이 속에서
올해도 젖은 수건 짜서 잘 닦아 꼭지를 딴다
가위로 싹둑 잘라 속살 점검하면서

(고추 닦다가 허리 다 못쓰게 되었다)
앓는 소리

할머니 아낙들 열 근 스무 근 손수레
반짝반짝 붉은 이마 고추를 싣고 집집마다 모여들지
일 년 농사 김장 고추 빻으려고
자식들 친지들과 나누려고 가을이면
참새 떼 여자들이 방앗간 보물,
고추보따리 꿰어 차고 기다리며 줄 선다

가족들 쇳가루 든 고춧가루 안 먹이리라
가을김치 버무려 밥상 차려 한입 먹고 나면
흔적 없이 어딘가로 사라져 버리지만
누구도 힘든 주부일 알아주지 않을 때 더욱 많지만

오늘도 티끌태산 노동의 산마루에 서서
사랑이라는 이름으로 아낙들은 한목숨을 불사른다

초록 거미밥상

거미가족 점심 밥상이 차려져 있다
대청댐 언덕 숲길 팔각정 난간에
밤새 천둥번개 소나기 요란하더니
수몰되지 않은 거미집 하나
사라진 문의마을 산 좋다고
물 맑은 풍경을 한껏 품어 안는다

낭창낭창 명주실보다도 가느다란
거미줄에 새끼 사마귀 발바닥이 찰싹
붙어버렸는데, 한낮 적막으로 살아있는가
움직임이 없다, 얼마나 굶주렸을까
사마귀 눈알 볼록렌즈에
피서 나온 한 가족이 빨려 든다

살짝 검지로 거미줄을 조금 치우니
꿈쩍없다, 안간힘쓰다 휘어진
사마귀 몸통! 가라 한세상 잘 살아라
뒷다리 톡 건드린다, 느릿느릿 사마귀
한 바퀴를 돌더니 공포의 터널 빠져나간다
아래 거미집 부여잡고 어미 거미 한 마리
미동 없이 아래 세상을 내려다보고 있다

산호들이 산란을 한다

수중분만 우유빛깔 동그란 알들
방긋방긋 우듬지들이 뿜어낸다

바다 속 터를 잡고 심호흡 하는데
무수한 진주 물방울떼
알알이 물길 열며 피어오른다
산호 수풀 나폴나폴 춤을 춘다

수정되어 한올한올 점점 자라더니
부초로 물속 헤엄쳐 다니다가
적막 바위에 터 잡고 주저앉는다

저만의 목숨 일기를 쓰려는지
슬프고 황홀한 산호군락 어린 풀잎가지들
신비경 자막을 읽어 내린다

두물머리* 함박꽃에 기대어

산들이 푸른 제 이마를 짚어본다
강과 강이 피라미 떼 은비늘을
차르르차르르 물낯바닥에 풀어놓고
둑길로 손잡고 나들이 나와 연인들이
옹기종기 함박웃음꽃 머금고 가족들이
모처럼 짬을 내어 바람 불어간다

사람들의 몽돌몽돌 차갑고 참숯불로
담금질한 가슴대문 열어라 활짝 열어젖혀라,
반짝반짝 햇살의 머리채가 미끄럼을 탄다
맑은 강물은 언제나 제 머릿속 비우고 버리는지
금방 두 줄기 물길이 하나로 또 뭉쳐지는 건지
두 팔 넓게 펼쳐 하늘자락 끌어안는다

어깨 위에 내려앉는다, 산 첩첩 물 첩첩
그래도 물새 깃털 우리 걸음걸음 가볍다
내 몸 부력이 공중으로 나를 떠오르게 한다
둑길 갈밭 사이 오래 묵은 네 쓰레기야
먹물 세상의 온갖 오물들아
너희들 둥둥둥 이 지구 밖으로 헤엄쳐가거라

* 두물머리 : 남한강과 북한강이 만나는 양수리 유원지.

유월 쪽동백나무는 은종을 울려대고

막 세수한 풀꽃들이 도열을 하고 있다
때죽나무 쭉쭉 떡갈나무 떡떡
나비국수 나붓나붓 쪽동백 쪽쪽 숲

용이 승천하며 떨어뜨리고 갔다는 비늘
자국들이 바윗돌 위에 화인으로 찍혀 있다
하트하트 아침햇살 용트림 용추폭포*에서
대야산 숲 기운이 쏟아져 물 미끄럼을 탄다
조릿대 댓잎파리 초록쪽배 하늘로 띄워 보낸다

언제 어디쯤 누구에게 다다를지 모르나
산 고요를 실어 발신지 없는 봉함편지를 부친다

세상일에 지쳐 시작도 마침도 알 수 없지만
어깨 웅크려 드는 너를 위하여, 네 세상을 위해
실눈 햇살이 이파리 이슬방울들을 터뜨린다
고개 숙여 쪽동백 하양 꽃무리
온 세상 은종을 울려댄다

* 문경 팔경의 하나.

백로를 지나며

모자 눌러쓰고 배낭 등짐 진 저 사내
가을거리 배고픈 탁발 수도승인가
사람들 어깨 위로 저녁 땅거미
도심 한 폭 수묵고요로 떨어져 내리고

길거리에 가랑잎 징소리가 울려 퍼진다,
징소리 그림 전시회가 화랑에서 열리고
둥글둥글 구리빛깔 평면 위, 징채로
한평생 등판 얼얼하게 두들겨 맞고 맞아
얼룩덜룩 고단한 목숨의 상처들이
메아리 없는 가을 비명을 내지르고 있다

적멸 · 다비

살얼음 동치미 막국수 먹던 동루골 지나
학야리 옛길을 허위허위 넘어간다
산불로 까까머리 운봉산 먼 하늘바라기하면서

쏴쏴 청간정 금강솔바람 서늘하고
청옥 빛 저녁 물결 철썩철썩 어깨 시려오는데
붉게 물드는 서녘 하늘이 다비 · 적멸한다
붉은 내 마음에도 화로 숯불 타오르는데

내려놓아라, 다 내려놓아라!
아름다운 건 오래 매달려 있을 것이 아니니

무한천공 떨어질 때다, 저 순명의 등불을 켜라
아무도 받아주는 이 없는
또 누구의 의지할 것 없는 품안으로 떨어지는
슬픈 황홀한 순간이리니

강물 속으로 한강 불빛이 흘러가고

콩 쑤어 절구통에 찧고
메주를 뭉치는 아낙들 손길 화면에서
어머니 흘러 간 마음결을 읽는다, 여행객들이
속초행 버스를 기다리는 동안
노상의 시간들이 절구통 속
떡메에 부딪힌다, 상처가 밀어내는 힘인가

잘 익은 콩알되어 시간 속 바삐
튀어 오르던 길 콩알들 끼리 몸 비비던
발효된 시간들이 정답다
사색의 새 한 마리 차창을 쪼아대던
투명햇살 실오리 속에서 소소한 다툼조차
즐거움, 명랑한 발걸음으로 살아나는
일상이 축복의 가시면류관 된다

강물 속으로 한강 가로등 불빛이 흘러가고
심지를 돋운다
지금까지 그대 위해 바친 기도의 눈물이
주마등 속에 수정보석으로 엉그는가
기쁨의 실뿌리 벅차오르는 순간,

영원으로 나아가는 다리가 되리니
고난을 이겨낸 꽃과 열매가
눈부시게 살아가는 지상의 품삯이려니

화진포에서

금속성 햇볕에 알몸 피서를 즐긴다
해변 돌밭 자갈 굴러 바윗돌 드러누워
철썩철썩 화진포가 늦여름 바다의 귀청을 때린다

물 미끄럼 타고 햇살의 포말들이
반짝반짝 흘러내리고
물거품 세례를 받을 때마다 나풀나풀
파래 톳 해초의 키들이 남 몰래 자라난다

파랗게 돌들은 인디언 치마를 입고
발바닥 아래 숨은 바지락 방게 고둥들
등껍질 딱딱하게 말라붙은 바다의 추억
낡은 슬픔들까지 하얀 포말로 씻어준다

산이 젖어 산들 어쩌랴

산의 홑적삼이 소실소실 젖어든다
청평사 대웅전 댓돌의 태극물무늬를
음양으로 훑어 내리는 빗줄기
울긋불긋 청량한 빗소리의 눈시울 붉다

'여인과 연애하듯이
나는 자연 속으로 빠져들리라'
열 예닐곱 랭보 시인을 닮은
방울방울 빗방울들이 잦아드는 가을 오봉

영지 거울에 산정 절집 하나
깜박깜박 지친 눈꺼풀로 오르내린다
풍진 사람들 흔들 움직임조차 품고 삭여
못물이 제 눈 속 그림자 들보를
소양호 가랑잎 배 띄우고 있다

밤이 간이역에 긴 그림자를 풀어놓고

잠시 종아리 뭉친 피로를 풀고 쉬어가라

종종걸음 치달리는 도시 불빛이여

분분히 흩어지는 시간의 파편들이여

겨울밤이 안개의 포말들을 쓸어 내는지

누군가 마당을 싸락싸락 비질하는 소리

하루라는 망망한 이름의 쌀자루들을

사람들이 포대 째 메고 와서 쟁여놓는다

저마다 마음의 곳간에 소리를 풀어놓는다

삼동의 밤이 흑단으로 짙어가고

앞마당에 허리 굽은 그림자 하나 바람 분다

가을 강에 올라

햇살가루를 물살 입술에 뿌려놓고
물낯바닥 찬찬히 들여다본다
오글오글 단풍 열차 열두 칸에 실려와
청풍 호수를 유유자적 가랑잎으로 흘러간다

푸른 물살 가르는 바람 오리 떼
기암괴석 한낮에도 단풍 숲을 품어 안고
보드랍다 울긋불긋 제풀에 자지러진다
물길은 굽이굽이 온 세상을 품어 안는다

뭉게뭉게 목화 구름 나그네 싣고
하늘 눈빛 더욱 맑고 눈부신데
옥돌 바위 위에 깎아 세운 죽순 기둥들
단양팔경 으뜸노둣돌 옥순봉이 털컥
이내 마음 하늘을 흘러간다

시름을 푸른 물살에 풀어놓다

강변 금모래 결 마음 물길을 품어 안는다

발원지에서 오랜 미망의 시간까지

강줄기 따라 나도 흘러 흘러가리라

이 지상 저문 언덕 아청 물결이 펼쳐나가리

유월 깊고 서늘한 그림자 마음의 싸리울에 기대어

쉼 없이 휘돌아나가는 비단강물을 본다

고향 길목 몸과 마음의 우울과 피로를 씻어내며

내 젊은 날 푸른 발길 되돌리던 이곳

추억의 물결 따라 비단강이 흐른다

반갑다 봄비야

목 타던 논바닥 보들보들 해갈이 된다
쩍쩍 갈라진 맨땅의 거북등껍질
그 속살 속으로 빗물 가슴 촉촉이 젖어드는데
하루 새 치맛바람 벚꽃 터널 아래
꽃잎눈발 축전처럼 쌓여만 간다

고맙다 봄비야
비안개 꿈꾸는 내 4월의 허공 거리야
물 머금고 살 올라 산야를 내달리노니
자전거 바퀴살이 차르르차르르 안개 감아 구르듯이
연둣빛 햇순 이파리 첫 마음으로 치달려 와라

어쩌랴 지상의 길들이란 길들 모두 기울어
이제는 어디에나 내리막뿐이러니
그러나 어찌하랴 초록풍선 하나가
마냥 두둥실 하늘하늘 비 젖는 산맥 위를
솟아 솟아오르기만 하는 것을

언어의 지문을 찾아서

황정산 시인 · 문학평론가

언어의 지문을 찾아서

황정산 시인 · 문학평론가

1. 들어가며

현대 사회는 말로 가득 찬 사회이다. IT산업의 발전과 함께 수
많은 정보가 우리의 삶을 뒤덮고 있다. 스마트폰으로 전송된 카
카오톡 문자로 눈을 떠 마감 뉴스를 보며 눈을 감는다. 틈틈이
SNS에 올린 내 글에 달린 댓글들도 읽어야 한다. 하지만 이 수
많은 말들 중에 정말 우리의 삶을 윤택하게 만드는 가치 있는 말
들은 얼마나 될까? 수신된 대부분의 말들은 상투적인 인사말이
거나 아니면 스팸 광고이다. 말의 홍수에서 살고 있지만 우리는
정작 말을 잃고 진정한 소통은 점점 어려워진다.

이러한 시대에 시인의 역할은 바로 사라진 진정한 언어의 힘
을 회복하는 일일 것이다. 그것은 일상의 상투성과 이데올로기
적 은폐성으로 오염되고 왜곡된 언어로부터 사실과 진실을 환기
하는 진정성의 언어를 회복하는 것이고 타인의 욕망에 지배받는
소외된 언어가 아니라 자신의 욕망을 드러내는 자유로운 언어를
찾아나서는 길이다. 박수화 시인의 이번 시집은 바로 이런 시인

의 길을 보여주고 있다. 그런 시적 모색이 어떻게 이루어져 가는
지 좀 더 들여다 보자.

2. 자연 속에서 숨은 의미 찾기

언어가 오염되고 왜곡되는 것은 문명과 밀접한 관계를 갖는
다. 문명을 건설하고 국가를 확립하고 그리고 그것을 지배할 권
력을 가지면서 인간은 언어를 통해 계율을 만들고 법을 만들고
질서를 만든다. 그 권력의 언어는 세상에 인위적 질서를 강제함
으로써 언어를 통해 정해진 눈으로 사물을 보도록 강요한다. 우
리는 눈이 있어도 사물을 제대로 보지 못하고 입이 있어도 자신
의 말을 하지 못한다. 권력이 강요하는 언어를 통해 세상을 바라
보고 또 말을 한다. 이 문명화된 권력의 힘으로부터 말의 원래적
생생함을 찾아나가는 것은 문명 이전의 자연을 돌아보는 것이
가장 좋은 방법이다. 박수화 시인 역시

알프스 자락의 아름다운 도시로 간다
오스트리아 국경을 넘어와 산간도로 길목엔
아직 오월 봄눈이 목화솜 더미더미 쌓여 있다
인스부르크에 가까울수록 숲은 더 푸르러지고
체리나무들이 옹기종기 모여 휴식을 취하고
이슬이슬 비에 젖는다. 이 고요한
도시가 우리를 두 팔 벌려 반겨주는가

인스부르크의 화려한 황금지붕을 만나며

마리아 테레지아 거리를 걸으며

주렁주렁 체리 열매로 어여쁜,

열여섯 자녀를 낳았다는 오월의

풍만한 생기를 가진 그녀,

그녀의 길을 따라 나도 걷고 있다

— 「체리나무가 있는 풍경을 지나」 전문

유럽은 근대 문명의 발상지다. 그들이 만든 기계문명이 세상을 지배하고 있고 지금의 세계를 구성하고 있다고 해도 과언은 아니다. 하지만 시인은 바로 거기에 여행을 가서 그 현대문명이 만들어낸 찬란한 도시의 야경을 보는 것이 아니라 길거리를 수놓고 있는 체리나무를 주목한다. 또 다른 삶이 "우리를 두 팔 벌려 반겨주"거나 "풍만한 생기"를 발견하게 되는 것은 이 바로 살아있는 자연을 통해서이다. 사실 이 시는 섬세한 묘사나 비유를 통해 예리한 시적 심상을 보여주는 시는 아니다. 여행에서 눈에 띄는 사물을 제시하고 거기에서 느껴지는 자신의 소감을 담백하게 노래한 시다. 그럼에도 불구하고 이 시가 우리에게 울림을 주는 것은 앞서 설명한 자연의 생기를 날 것 그대로 우리에게 전달해 주기 때문이다. 문명 속에서 들어가 있으면서도 그 문명 속에서 찌들지 않는 자연의 모습을 보여주면서 그 자연을 표현하는 생기 있는 언어의 힘을 느끼게 해 준다. 그러므로 시인에게 여행이란 도시 안에 존재하는 자연과 그 자연을 다시 일깨우는 언어를 찾아가는 여정이다.

자연을 이해한다는 것은 곧 사라짐을 이해하는 것과 다르지 않다. 우리는 우리의 문명이 영원하리라고 생각한다. 그래서 자신의 욕망을 끊임없이 추구하고 더 나아가 더 많은 욕망을 계속 추구하기 위해 영원한 생명까지도 얻으려 한다. 영원한 천국을 꿈꾸는 종교나 영원불멸의 생명을 꿈꾸는 현대 과학이 이 점에서는 별반 다르지 않다. 하지만 자연은 우리에게 사라짐을 가르치고 있다. 다음 시가 이를 아주 잘 말해준다.

　　— 베네치아, 100년 후 물에 잠길 수 있다고
　비가 쏟아지면 바닷물이 역류,
　장화를 신고 걸어 다녀야 한다고—
　물에 잠겨 이끼 낀 집들 사이
　저어저어 곤돌라가 풍경으로 사라진다

　봄비 내리는 날
　괴테가 묵었다는 호텔 앞으로
　지나간다, 곤돌라가 비 젖어
　그의 우직한 흔적처럼 묶여 있다
　선착장 지나 들뜬 사람들 마음을
　모아 담아 수상택시가 내달려가고

　　…(중략)…

　너도 나도 언젠가 사라지리라,

지구의 가슴이 자꾸 더워 오르고
하르르 빙하가 봄눈 녹듯 녹아내리고
점점 바닷물이 차올라 이 도시도
작은 섬처럼 흔적들조차 유빙으로 사라지리라
— 「사라진다」 부분

시인은 베네치아 여행을 통해 사라짐의 철학을 깨닫는다. 세
상에는 영원한 것이 없고 이 아름다운 베네치아도 조금씩 물에
잠겨 사라질 것을 예감하고 있다. 우리 모두는 이 자연의 이치를
거스를 수 없기에 이 사라짐을 받아들여야 한다. 오직 영원한 것
은 이 사라지는 것들을 기록할 언어일 뿐이다. 그래서 시인은 사
라지는 것들에 숨겨져 있는 이 언어의 흔적들을 찾아 나선다.

3. 정신의 지문으로서의 언어

언어의 흔적들을 찾는다는 것은 그 언어가 담고 있는 정신을
읽는다는 것이다. 그러므로 언어는 정신의 지문이라 할 수 있다.
시인은 그것을 다음과 같이 노래하고 있다.

— 문학관을 돌아 나오자 탈춤 판이 펼쳐지고 그 주위를
말씀의 새 발자국들이 종종거린다, 순교성지에 세운
전동성당 앞 아이들 합창 노랠 듣다가

1

탁 탁 탁! 마른 등짝 후려치는

죽비소리

산비탈 대추나무 벼락 맞는 소리

아니면 경기전 솔바람에 막 식히고

온 내 이마 한 대 얼 차리게 후려치는가

이 단말마 같은 비명 한 마디

2

그렇다면 기도는 마음의 지문을

하늘나라 두루마리 무명필에다

해인처럼 하나씩 찍어대는 것인가

내 마음 솟대 위에는

'언어는 정신의 지문이다'

노래 한 마디 돋을새김 울리네

— 「언어는 정신의 지문이다」 전문

 "기도는 마음의 지문"인 것처럼 "언어는 정신의 지문"이라는 것이 시인의 생각이다. 그런데 이 말은 과연 무슨 의미를 담고 있을까? 그것은 이 시의 마지막 행 "노래 한 마디 돋을새김 울리네"라는 말에서 그 단서를 찾을 수 있다. 시인은 언어의 원형을 노래에 두고 있다. 노래를 부를 때 우리는 가장 자연에 근접해 있기 때문이다. 심장이 박동으로부터 리듬을 깨닫고 문명화된 언어에 강요된 질서와 구속을 자연의 소리로 환원해주는 것이 바로 노래이기 때문이다. 그래서 시인은 그 정신의 지문으로서의 언어를 "산비탈 대추나무 벼락맞는 소리"나 바람이 내 이마를 때릴 때 내는 "비명 한 마디"에서 찾고 있다. 언어에서 정신의 지문을 찾고 그 지문을 통해 생생한 언어의 힘을 회복하는 것은 이 자연의 소리에 가까워지는 것이라고 시인은 믿기 때문이다. 다음 시는 바로 이 깨달음의 순간을 기록한 것이리라.

> 모자 눌러쓰고 배낭 등짐 진 저 사내
> 가을거리 배고픈 탁발 수도승인가
> 사람들 어깨 위로 저녁 땅거미
> 도심 한 폭 수묵고요로 떨어져 내리고
>
> 길거리에 가랑잎 징소리가 울려 퍼진다,
> 징소리 그림 전시회가 화랑에서 열리고
> 둥글둥글 구리빛깔 평면 위, 징채로
> 한평생 등판 얼얼하게 두들겨 맞고 맞아
> 얼룩덜룩 고단한 목숨의 상처들이
> 메아리 없는 가을 비명을 내지르고 있다
> ─「백로를 지나며」 전문

시인은 도심 한 복판에 "배고픈 탁발 수도승"을 배치한다. 마치 영화의 미장센을 떠올린다. 그것만으로 훌륭한 풍경이 되고 시적 이미지가 된다. 그리고 이 풍경을 통해 소리 없는 가을의 비명을 듣는다. 계절을 떠올린다는 것은 우리가 자연의 한 부분이라는 것을 깨닫는 것이다. 지금은 아무도 의식하지 않는 "백로"라는 절기를 제목으로 삼은 것은 바로 이것을 강조하기 위한 것일 게다. 시인은 도시 한 가운데 있는 화랑에서 "징소리 그림 전시회"를 눈여겨 본다. 그 징소리는 도시 문명에 찌든 우리의 영혼을 일깨우는 소리일 것이다. 바로 그 생생한 소리를 옮길 수 있다면 그것은 살아있는 언어가 되고 시가 된다. 박수화 시인이 찾아나선 길이 바로 이런 것일 것이다.

4. 간텍스트로서 언어 찾기

우리가 쓰는 말은 사실 내 자신의 고유의 것이 아니다. 내 음성 기관을 써서 내가 내는 소리이지만 그 말이 의미를 갖기 위해서는 어떤 맥락 안에 놓여야 한다. 시도 마찬가지이다. 시인 자신이 아무리 훌륭한 사고, 새로운 언어를 표현했다고 스스로 생각한다고 하더라도 그것은 지금까지 우리 언어를 사용해 온 많은 작품들 사이에서 상호작용으로 생긴 의미이고 새로움이다. 박수화 시인은 자신의 시적 언어를 찾기 위해 바로 이 맥락에 천착한다. 그것을 위해 시인은 시를 포함한 기존 예술 작품과의 대화를 시도한다.

— 보이지않는묘혈로나는꽃을깜박잊어버리고들어간다.
   나는정말눕는다. 아아. 꽃이또향기롭다. 보이지도않는꽃이

— 이상,「절벽」

실시간으로 지구촌 저 넘어 별이 뜬다
아들부부의 신혼여행지 크로아티아,
그 바닷가 광활한 일몰 너머
스마트폰으로 아청빛 밤하늘을 전송받는다
보이는 것은 결코 소멸하지 않는다

아, 사라지는, 생성되지도 않는
순간의 향기들이여, 무궁무궁 샘솟아라
시공간의 하늘 그 너머 검푸른 산 들 바다
달과 점점 하양 별들이 새라새로운
자식 분신으로 품어 안는 세밑 깜깜 밤의 절벽이여
—「반짝이는 것들이 어디 하늘의 별뿐이랴」전문

시인은 이상의「절벽」이라는 시를 인용하는 것으로 시상을 시
작한다. 이 이상의 시는 "절벽"으로 상징되는 절망 속에서도 꽃
의 향기를 잊지 않으려는 희망을 노래한 시다. 시인은 이 시를
인용하는 것으로서 80년 이상의 세월을 뛰어넘어 이상과의 대
화를 시도한다. 이상이 당대 우리 사회의 절망을 절벽의 이미지
로 표현했다면 사람 사이의 거리를 좁히고 모든 정보를 기록하
여 소멸하지 않을 것 같은 현대 문명의 허상을 "밤의 절벽"으로
표현하고 있다. "그것은 생성되지도 않는 순간의 향기"에 불과
하기 때문이다. 바로 이런 과정을 통해 이상의 절망과 시인의 절

망 사이의 거리를 보고 또 거기에서 생성되는 새로운 의미를 시인은 주목하고 있다. 이 텍스트 사이에서 생성되는 새로운 정신의 지문 바로 그것이 시가 만들어낸 새로운 언어의 힘이 아니겠는가?

다음 시는 고흐의 그림과의 대화를 시도한다.

벽모서리 돌아 화살눈빛이 구부러진다
청맹과니 하루가 벗겨진 해바라기들
시트 벽지를 깨금발 손을 뻗쳐 문지른다
인적 없는 퇴근 무렵 의자 위에 올라서서
기우뚱, 미끌미끌 쿠당탕!

해바라기 꽃잎마다 떨어져 내리는 고흐의 눈망울들
안쓸안쓸 살아나 나를 내려다보고 있다
회전의자가 문어발 바퀴를 제 멋대로 굴리며
거꾸러지더니, 코너 장대 옷걸이
갈퀴 손가락 펼치며 내 몸통을 후려친다

…(중략)…

빈센트 반 고흐, 구부러진 한 생애가
쓰다가만 그 비문!
천장과 바닥 사이 오가며
아를르의 밤하늘을 읽어 내리고 있다

고흐는 그림 속에 있지 않고 천장과 바닥 사이에서 떠돌고 있다. 그림의 액자를 넘어서 그의 그림이 시인의 생활 공간과 삶의 현장에 들어와 있기 때문이다. 그것을 통해 시인은 고흐가 그림을 그리고 있었을 "아를르의 밤하늘"을 읽어내려 애쓰고 있다. 그림 속에 들어 있는 지문을 파악하고 그것을 또 다른 언어로 기억하고자 하는 시인의 고투가 엿보이는 대목이다. 이렇게 시인은 작품과의 대화를 통해 그 작품이 우리에게 말하는 것은 자신의 언어로 대신 말하고 또 그 말하는 중에 생겨나는 새로운 의미 맥락을 새롭게 우리 앞에 제시해 주고 있다. 텍스트와 텍스트 사이에 존재하는 정신의 지문을 시인은 시를 통해 기록해내려 하고 있다.

5. 맺으며

박수화 시인의 시들은 소박한 언어로 쓰여져 있다. 유행하는 언어의 유희도 없고 이미지의 현란한 변용도 별로 없다. 하지만 한마디 한마디가 모두 힘을 가지고 있다. 그것은 때묻지 않은 언어 원형의 힘에 기대기 때문이다. 그것들을 다시 회복하기 위해 그는 삶에서 자연에서 그리고 앞서 이루어진 수많은 예술 작품들 속에 잠재해 있는 정신의 기미를 포착한다. 마치 지문을 채취하여 사람의 신원을 확인하듯이. 시는 바로 이 정신의 지문을 찾는 일이고 기록하는 일이다. 이 작업이 계속되고 더욱 정밀해져서 박수화 시인의 시구 하나하나가 새로운 정신의 열매로 다시 피어나길 기대해 본다.

박수화 시집

체리나무가 있는 풍경

발   행 2017년 5월 28일
지 은 이 박수화
펴 낸 이 반송림
편집디자인 김지호
펴 낸 곳 도서출판 지혜
          계간시전문지 애지
기획위원 반경환 이형권 황정산
주   소 34624 대전광역시 동구 선화로 203-1, 2층 도서출판 지혜 (삼성동)
전   화 042-625-1140
팩   스 042-627-1140
전자우편 ejisarang@hanmail.net
애지카페 cafe.daum.net/ejiliterature

ISBN : 979-11-5728-229-6 03810
값 10,000원

박수화

박수화朴秀華 시인은 경남 김해에서 출생했고, 숙명여자대학교 아동복지학과를 졸업했으며,

2004년《평화신문》신춘문예로 등단했다. 시집으로는『새에게 길을 묻다』(2005), 『물방울의 여행』(2008) 있고, 현재 시와시학회 · 숙명문인회 · 한국가톨릭문인회 · 한국시인협회 · 문학의집 · 서울 · 한국여성문학인회 · 국제펜클럽 한국본부 회원《육사신보》'화랑문예전' 동인으로 활동하고 있다.

박수화 시인의 세 번째 시집인『체리나무가 있는 풍경』은 아주 소박한 언어로 쓰여져 있다. 유행하는 언어의 유희도 없고 이미지의 현란한 변용도 별로 없다. 하지만 한마디 한마디가 모두 힘을 가지고 있다. 그것은 때묻지 않은 언어 원형의 힘에 기대기 때문이다. 그것들을 다시 회복하기 위해 그는 삶에서 자연에서 그리고 앞서 이루어진 수많은 예술 작품들 속에 잠재해 있는 정신의 기미를 포착한다. 마치 지문을 채취하여 사람의 신원을 확인하듯이. 시는 바로 이 정신의 지문을 찾는 일이고 기록하는 일이다. 이 작업이 계속되고 더욱 정밀해져서 박수화 시인의 시구 하나하나가 새로운 정신의 열매로 다시 피어나길 기대해 본다.

이메일 : star2560@naver.com